Chapitres

L'enfance

L'arbre bleu

Retrouvailles

Les aveux

Le départ

Appeler les larmes, les émotions...
Faire naître un sourire...
Voir rire un enfant...
Voyager dans le passé...
Se souvenir tout simplement...

On peut en dire des choses sur le temps qui court...

Que ressentiriez-vous si au bout de nombreuses années vous retrouviez un ami d'enfance ? Quelqu'un qui a beaucoup compté pour vous lorsque vous étiez petit ?
En seriez-vous bouleversé ?
Les sentiments, les vrais sentiments, qu'ils soient propres à l'amour ou à l'amitié, sont des bonheurs

immenses et on se sent tellement bien lorsqu'on les ressent.

Lorsque Cyrielle retrouvera Alexandre, elle profitera de chaque instant et voudra lui dire tant de choses qui lui tiennent à cœur...
Mais lorsque cet ami s'en va à l'autre bout du monde : le rêve se brise.
Que faire alors ?
Faut-il mieux le laisser s'en aller ou bien tenter de le retenir ?
Cyrielle sera-t-elle prête à le voir partir de nouveau ?

Cyrielle va faire en sorte de vivre ces moments de complicité, comme au bon vieux temps ...

Ce que Cyrielle a vécu aux côtés d'Alexandre est inoubliable. Elle avait six ans, six ans seulement et elle a tout de suite su qu'ils allaient devenir les meilleurs amis du monde...

Cette insouciance, cette joie de vivre, cette façon de n'avoir honte de rien, c'est une vraie richesse... Quand on est petit, on est ainsi.
Le jugement des autres ne nous importe guère. On est comme on est et on en rit même parfois !
Les bêtises font partie du quotidien, on en ressort grandi ou parfois aussi, on préfère continuer d'en faire pour ne pas grandir trop vite...
Ce sont des moments dans une vie que l'on doit savourer délicatement, comme un mets délicieux.

L'enfance

Nous sommes en 1990. Dans la cour de récréation d'une école primaire, Cyrielle, une petite fille un peu ronde et craintive fait sa rentrée. Tout est si différent pour elle. Cette grande école, ces nouveaux visages... Elle observe ses camarades qui sont bien plus grands qu'elle et tente d'aller vers eux pour se faire des amis, mais ces derniers la repoussent et se moquent de la fillette parce qu'elle a peur. Tous, sauf un : Alexandre.
Un petit garçon brun avec de beaux yeux verts qui va être au cours élémentaire dans la même classe que Cyrielle. Les deux enfants

deviennent très vite complices, c'est alors le début d'une longue amitié qui commence...

Cyrielle n'aime pas l'école, surtout pas les mathématiques et encore moins son institutrice : Madame Nouille.
Très sévère, la femme fait régner une discipline de fer dans la classe et la petite fille, déjà craintive, n'ose répliquer devant elle. Passer au tableau est un vrai supplice pour Cyrielle, surtout qu'elle ne sait jamais quoi répondre.

Le soir, en rentrant chez elle, la fillette tente de s'appliquer à faire ses devoirs afin de rattraper son retard, mais étant très distraite, elle a bien du mal à se concentrer. À la place, son esprit vagabonde, elle préfère s'amuser ou bien dessiner.

- **Cyrielle :** *Mais... Et les colères de Madame Nouille si je n'ai pas fini mes devoirs ?* se dit-elle.

Cyrielle en frémit.

- **Cyrielle :** *Vite ! Concentrons-nous... Tant pis. Je jouerai plus tard.*

Chaque matin, Cyrielle est heureuse d'aller à l'école pour une seule raison : elle sait qu'elle va retrouver Alexandre. Que vont-ils faire aujourd'hui pendant la récréation ? Elle a hâte de savoir !

Quelle belle complicité ils ont tous les deux ! C'est tellement touchant.

Cyrielle parle souvent de son nouvel ami à Hélène, sa maman.
- **Cyrielle :** *Tu sais maman, si j'avais eu un frère, j'aurais voulu qu'il soit comme lui ! Il est tellement rigolo !* lui dit la petite du haut de ses six ans.

Cyrielle est une fillette très gourmande et elle emporte toujours des petits biscuits pour la récréation de dix heures, afin de les partager avec son ami.
Parfois, c'est Alexandre qui lui fait goûter les délicieuses spécialités italiennes de sa maman.

Après cela, les petits profitent comme leurs camarades, de la récréation. Alexandre et Cyrielle sont très inventifs et imaginent de nouveaux jeux. Souvent, ils se comprennent sans même avoir besoin de se parler.

Leur jeu préféré étant celui des courses-poursuites, les deux bambins adorent se courir après et chahuter une fois sortis de l'école et ce, sur le parking, entre les voitures, au grand désespoir de leurs mères qui hurlent de peur qu'ils ne se fassent renverser !

Cyrielle et Alexandre se mettent à rire et sont les plus heureux du monde dans ces moments-là...

Cette complicité dure maintenant depuis trois ans. Trois belles années où Alexandre fait des journées de Cyrielle une véritable évasion. A ses côtés, la petite fille est comme tous les autres enfants : elle joue, elle rit, elle profite de sa jeunesse et de son insouciance, elle est heureuse tout simplement.

Et le plus important, c'est que grâce à Alexandre, Cyrielle oublie les moqueries et les remarques désagréables qu'elle entend chaque jour de la part de ses camarades.

La petite fille est humiliée à l'école et elle n'ose pas répondre aux brimades, mais Alexandre est là pour la protéger.

Ce samedi-là, Alexandre invite Cyrielle à venir jouer chez lui. Les deux mamans bavardent entre elles autour d'une tasse de café pendant que les enfants s'en donnent à cœur joie dans le jardin et font des parties de cache-cache interminables, éclatant de rire et inventant de nouveaux jeux. Parfois, ils s'éclipsent discrètement pour manger des sucreries, tout en observant de loin leurs mères.

Le bonheur est là, présent, intact et rien ne peut le briser.

Mais un jour, en arrivant un matin à l'école, le petit garçon annonce à Cyrielle en pleurant :

- **Alexandre** : *Je suis désolé. Je vais devoir partir.*

- **Cyrielle** : *Partir ? Mais partir où ? Pourquoi ?*

- **Alexandre** : *Je suis obligé. Ma mère doit déménager à cause du divorce avec mon père et elle nous emmène dans le sud de la France, moi et mon petit frère.*

- **Cyrielle** : *Non, ce n'est pas possible...*

La petite fille se met à pleurer à son tour, son corps est secoué de sanglots.

- **Alexandre** : *Moi aussi ça m'a fait un choc quand je l'ai appris. Je n'ai pas envie de te laisser tu sais.*

- **Cyrielle** : *Moi non plus. Tu es mon meilleur ami... Jamais je ne retrouverai quelqu'un comme toi.*

- **Alexandre** : *Je t'écrirai très souvent et tu pourras venir nous voir aussi. J'aimerais bien.*

- **Cyrielle** : *Oui, si maman est d'accord, mais ce ne sera quand même plus pareil. Je vais me sentir seule dans cette immense cour de récréation.*

Alexandre la prend dans ses bras et, malgré son jeune âge, tente de la consoler comme il peut.

À l'annonce de cette nouvelle, Cyrielle n'est plus du tout attentive en classe. Elle reste pensive, attristée et même les remarques de ses camarades ne l'atteignent plus. Elle ne pense qu'à une chose : l'angoisse de se retrouver toute seule, sans son meilleur ami, parmi tous ces enfants qui ne l'apprécient pas.

Cyrielle est inconsolable le soir en rentrant chez elle. Cette nuit-là, elle a une forte fièvre, Hélène est très inquiète car sa fille commence à faire des convulsions. Elle appelle aussitôt le médecin qui, habitant juste à côté, se déplace dans les minutes qui suivent. Voyant l'état de la fillette, le docteur lui fait une piqure de valium et les convulsions cessent rapidement, puis il demande à Hélène :
- **Le médecin :** *Vous pouvez me laisser seul avec elle quelques instants s'il vous plait ? Je voudrais lui parler.*

- **Hélène** : *Bien sûr docteur.*

Le médecin connaît Cyrielle depuis qu'elle est née. La petite fille fait souvent ce genre de crise dès qu'elle a une fièvre élevée, c'est toujours très impressionnant. Cyrielle s'est tellement rendue malade de tristesse qu'elle en a fait une forte fièvre.

- **Cyrielle** : *Bonsoir docteur.* dit la petite en ouvrant les yeux.

- **Le médecin** : *Comment te sens-tu ?*

- **Cyrielle** : *Pas très bien. J'ai mal à la tête docteur.*

- **Le médecin** : *Ta maman m'a un peu raconté ce qui s'est passé aujourd'hui à l'école. Tu es très triste à cause de ton ami n'est-ce pas ?*

Cyrielle éclate en sanglots. Peiné de voir la fillette dans cet état, le médecin lui caresse alors le front et tente de la réconforter du mieux qu'il peut.

- **Cyrielle** : *Oui. Je ne veux plus retourner à l'école. Alexandre part dans deux semaines. Sans lui, ce ne sera plus jamais pareil. Je suis trop triste à l'idée d'y aller comme si de rien n'était.*

- **Le médecin** : *Je comprends, mais ne voudrais-tu pas au contraire profiter de ces deux dernières semaines au maximum ? Être encore avec ton ami plutôt que de rester ici dans ta chambre à te morfondre ?*

- **Cyrielle** : *Alex m'a abandonnée docteur ! Ce n'est pas gentil ! C'est mon meilleur ami et on ne doit pas abandonner ses meilleurs amis !*

- **Le médecin** : *Il n'a pas le choix ma pauvre petite. Voyons Cyrielle, sa maman ne peut pas partir sans lui. Tu ne dois pas lui en vouloir. Tu sais, il est aussi triste que toi ce jeune garçon.*
Cyrielle réfléchit à ces paroles, puis elle lui répond :
- **Cyrielle** : *Vous avez raison docteur. Je vais profiter de ces deux dernières semaines avec Alexandre.*

Le lendemain, Cyrielle retourne en classe, mais reste encore bien fatiguée. Alexandre est aux petits soins pour elle, il l'entoure encore plus qu'avant et joue à des jeux calmes pour ne pas l'épuiser davantage.

Le soir, ils font même leurs devoirs ensemble chez la maman du petit garçon.

Les jours qui suivent, Cyrielle et Alexandre profitent à fond de chaque moment, de chaque récréation et s'amusent comme si de rien n'était, mais le jour du départ est un véritable déchirement pour les deux enfants. Ils sont inconsolables et les mamans aussi. Ils se promettent de se revoir le plus vite possible et de s'écrire tous les jours.

Les jours passent. Cyrielle se rend à l'école sans entrain, elle qui d'habitude est si gourmande, ne prend même plus son goûter pendant les récréations, ces dernières lui paraissent interminables. Les autres écoliers s'en donnent à cœur joie désormais car Alexandre n'est plus là pour la protéger. Les enfants l'humilient et la frappent parfois et la petite fille rentre souvent chez elle en pleurant.

Cyrielle reçoit enfin une lettre d'Alexandre, mais ce sera la seule et unique. Le petit garçon ne donnera plus signe de vie. Après cela, Cyrielle devra s'efforcer, malgré son inquiétude, de grandir sans lui, juste avec l'espoir, un jour, de le revoir.

Les mois passent ainsi que les années… Cyrielle devient une jeune femme et elle pense souvent à Alexandre. A quoi ressemblerait son ami aujourd'hui ?

Cyrielle l'imagine toujours avec sa petite bouille d'angelot, son regard déterminé et à la fois craintif, sa façon de sourire si gentiment…

Puis d'autres questions se bousculent dans sa tête...

Pourquoi n'a-t-il plus jamais donné signe de vie ?

Où est-il ?

Que fait-il ?

Est-il en bonne santé ?

Aime-t-il toujours autant le patinage, le dessin ?

Est-il toujours aussi taquin ?

Est-il heureux tout simplement ?
Si seulement, ils avaient pu continuer de grandir ensemble...

Souvent, Cyrielle compte les années qui les ont séparés tous les deux et cela lui semble être une éternité...

Cela aurait été le plus grand bonheur de Cyrielle que de pouvoir continuer de grandir aux côtés de son ami, cette complicité lui manque tant aujourd'hui ! Elle adorait son petit Alexandre et n'a jamais cessé de l'aimer. Personne ne remplacera les souvenirs qu'elle a le concernant. C'est son jardin secret et elle garde bien précieusement la clef de la porte qui conduit à ce merveilleux trésor... Personne d'autre que Cyrielle ne peut y accéder et son esprit y va souvent pour s'y ressourcer.

Retrouver cette insouciance et ces bonheurs simples de la vie, deviennent des sources de bonheurs immenses pour la jeune femme.

Cyrielle a toujours su pourquoi elle aimait autant Alexandre. Ce petit bonhomme, elle l'adorait, elle s'entendait si bien avec ! C'était son meilleur ami et la seule personne qui la comprenait sans jamais se moquer d'elle. Aujourd'hui : les gens et les collègues de Cyrielle continuent de la tourner en dérision, la pauvre, elle est tellement différente,

tellement gentille, cela se voit rapidement et les gens en profitent. Trop sensible peut-être également ?
Oui et parfois, cette différence est très mal perçue.

Dans sa famille, Cyrielle a pu grandir auprès de gens bienveillants qui étaient là pour elle quand ça n'allait pas, mais aujourd'hui, toutes ces personnes sont décédées et ont laissé un vide immense dans le cœur de la jeune femme.
La vie est ainsi et il faut continuer d'avancer malgré les épreuves, mais parfois, ce n'est franchement pas facile. Les gens ne font pas

de cadeaux et aujourd'hui c'est chacun pour soi.

Cyrielle ne trouve pas sa place dans la société et elle en souffre alors, elle se raccroche à ce qu'elle peut, à ses souvenirs. Cela la rassure et lui rappelle que le bonheur a existé un jour et Alexandre, c'était son bonheur…

Alex adorait le patin, Cyrielle ne sait pas s'il pratique toujours, mais dans ses souvenirs, il était tellement doué…
Du coup, en y repensant, la jeune femme a envie de s'y remettre !
Elle se rend à la patinoire et s'inscrit aux cours adultes. Elle est la seule débutante dans

le groupe et ne se sent vraiment pas à la hauteur !

Les élèves ont déjà un certain niveau et commencent même à préparer la chorégraphie pour le mois de juin. Cyrielle cherche désespérément quelqu'un pour lui apprendre, mais personne n'est au rendez-vous ! Le prof n'est pas très pédagogue et, voyant le manque d'aisance de la jeune femme, eh bien, au lieu de l'encourager comme il devrait le faire, il ne lui jette pas le moindre regard et la laisse tomber, tomber et retomber sur le sol, avec parfois en plus un sourire au coin des lèvres, comme si cela l'amusait !

Dans le regard du professeur, Cyrielle lit bien qu'il n'y a aucun avenir pour elle sur la glace. Il y a trop de décalage entre les autres patineurs et elle, c'est très frustrant. Pourtant, la jeune femme veut s'accrocher et réussir, car si un jour elle revoit Alexandre, elle espère bien patiner avec lui...

Mais il faut bien se rendre à l'évidence, même si notre Cyrielle trouve cette discipline très belle, elle n'est pas douée du tout !

- **Cyrielle :** *Pourtant, dans mes souvenirs, quand on en faisait à l'école, je me débrouillais plutôt bien.* pense-t-elle.

Cyrielle revient sept fois à la patinoire puis, un jour, elle décide d'arrêter. Son dos commence à la faire souffrir et le médecin lui déconseille formellement de continuer. C'est ainsi. Il faut se faire une raison. Avec toute la bonne volonté du monde, cela ne sert à rien de vouloir persévérer.

Qu'est-ce qu'elle aurait été heureuse qu'Alexandre lui apprenne à se débrouiller sur la glace, plutôt que ce professeur arrogant !
Aux côtés de son meilleur ami, elle aurait fait des prouesses, elle en est certaine. Elle se serait sentie en sécurité, comme quand elle allait à la patinoire dans ses jeunes années…

L'arbre bleu

Cyrielle adore la lecture et le calme de la nature. Dès que cette dernière a du temps libre, loin du tumulte de la vie quotidienne, elle en profite pour se promener dans la forêt et observe la faune et la flore qui l'entourent.
Toujours équipée d'un calepin, elle y griffonne toutes sortes d'observations, elle se plaît à y dessiner quelques croquis. Ce jour-là, elle se rend dans un bosquet qu'elle n'avait encore jusque-là jamais remarqué.
Quel calme...

Cyrielle écoute le chant des oiseaux, s'attarde devant une rivière, elle profite de chaque instant, elle se ressource, elle observe les insectes d'un peu plus près et tente de percevoir de petits animaux comme les lapins qu'elle affectionne tout particulièrement...

Tout à coup, près d'un taillis, elle remarque quelque chose de bien étonnant...
- **Cyrielle :** *Un arbre bleu ? Mais...mais... Ça alors ! D'où vient-il ?*
La jeune fille détaille attentivement le végétal puis hésitante, avance sa main vers le tronc. Elle finit par le toucher :
- **Cyrielle :** *Oh ! Comme cet arbre est étrange... Il est aussi doux qu'une pêche. De plus, il n'a*

aucune écorce... Ce n'est pas possible, je dois rêver...

Une voix se fait alors entendre :

- **La voix :** *Non tu ne rêves pas...*

La jeune femme regarde autour d'elle et commence à être inquiète :

- **Cyrielle :** *Pardon ?*

La voix reprend :

- **La voix :** *Non tu ne rêves pas... C'est moi qui viens de te parler.*

- **Cyrielle :** *Toi ? Mais où es-tu ? Et qui donc es-tu ?*

- **La voix :** *Retourne-toi...*

Cyrielle, peu rassurée, se retourne, mais ne voit personne. Il y a juste cet arbre bleu qui détonne dans cette forêt et la voix semble provenir de ce dernier.

- **Le chêne :** *N'aie pas peur. Approche...*

Cyrielle se rapproche doucement de ce chêne. Elle est inquiète, mais à la fois fascinée par ce qu'elle est en train de vivre.

- **Le chêne :** *Pourquoi es-tu triste ?* lui demande ce dernier.

- **Cyrielle :** *Comment le sais-tu ?*

- **Le chêne :** *Je sais tout. J'ai plus de quatre cent cinquante ans et moi aussi j'observe... J'aime les gens même si eux ne m'apprécient pas autant...*

Cyrielle fait le tour de cet arbre incroyable avant de poursuivre :

- **Cyrielle :** *Pourquoi es-tu bleu ?*

- **Le chêne :** *Et toi pourquoi es-tu triste ? Qu'est-ce qui te fait de la peine ?*

Cyrielle continue de tourner autour de l'arbre et de le détailler. Qui se cache derrière cette plaisanterie ?

- **Cyrielle :** *Tu n'as pas répondu à ma question. Pourquoi es-tu bleu ?*

- **Le chêne :** *C'est compliqué à expliquer. C'est une longue histoire...*

- **Cyrielle :** *Eh bien, c'est pareil pour moi.*

- **Le chêne :** *C'est à dire ?*

Peu importe que ce soit une farce ou non, Cyrielle a le cœur gros et se sent désormais plus en confiance. Ce vieux chêne ne lui veut aucun mal, c'est certain. Elle s'assoit au pied de l'arbre et commence à se confier à lui :

- **Cyrielle :** *Mon ami me manque. Mon ami d'enfance : Alex.*

- **Le chêne :** *Ton ami ? Et où est-il ?*

- **Cyrielle :** *Je ne sais pas. Nous nous sommes perdus de vue il y a maintenant plusieurs années...*

- **Le chêne :** *Et tes autres amis ?*

- **Cyrielle :** *Ce n'est pas pareil... je n'ai jamais pu retrouver la même chose chez quelqu'un d'autre. Ce ne sont pas des amis d'enfance. Alex est très important pour moi. Il me manque... Tout ce qu'on faisait avant me manque.*

- **Le chêne :** *Je te comprends. Tu as raison. Tu sais, les moments forts que l'on vit avec quelqu'un sont toujours présents en nous.*

- **Cyrielle :** *Pourquoi s'arrêtent-ils alors ?*

- **Le chêne :** *Pour créer des souvenirs. Les souvenirs existent pour se rappeler justement de ces moments passés. C'est ce qui permet de les faire revivre...*

- **Cyrielle :** *Petits, Alex et moi on était dans la même classe, tout le monde se moquait de nous parce qu'on était différent et nous, on se sentait bien tous les deux car on était semblable.*

- **Le chêne :** *Que faisiez-vous par exemple tous les deux ?*

- **Cyrielle :** *Oh ! Plein de choses magnifiques si tu savais ! J'aimerais tant pouvoir retourner en arrière et revivre ces instants... Alexandre est tout ce qui me reste de mon enfance.*

- **Le chêne :** *Raconte, parle-moi de ton passé ma grande...*

- **Cyrielle :** *Je n'ai plus de famille et ils me manquent beaucoup parfois, alors, quand je suis trop triste, je repense à Alexandre et ça me fait du bien. Alex me rappelle cette époque où tout allait bien, où les gens que j'aimais étaient encore vivants et où l'insouciance de l'enfance nous émerveillait de tout. Un rien nous enchantait. Maintenant, depuis qu'il est parti, un rien m'effraie. Tu sais, il n'a jamais su à quel point je tenais à lui. Lorsqu'on était à l'école, il prenait toujours ma défense contre ceux qui s'en prenaient à moi. C'était mon protecteur. Je m'en souviendrai toujours. Je me demande ce qu'il doit faire maintenant... S'il se souvient de moi...*

- **Le chêne :** *Il n'y a qu'un seul moyen de le savoir, c'est de le retrouver.*

- **Cyrielle :** *Si seulement je pouvais, mais je ne sais pas où il est.*

- **Le chêne :** *Alors rejoins-le. N'attends pas. Vas-y !*

Cyrielle s'emporte. Ce vieux chêne ne veut décidément rien entendre, ce n'est pas possible ou alors, il ne comprend rien !

- **Cyrielle :** *Mais tu n'écoutes donc pas ce que je te raconte depuis le début ? Je ne sais pas où est Alexandre ! Je ne sais pas où il est ! Ce n'est pas compliqué à comprendre tout de même !*

Très calmement et d'une voix rassurante, l'arbre lui répond :

- **Le chêne :** *Moi je sais.*

Etonnée, Cyrielle se calme et regarde le vieil arbre avant de lui demander :

- **Cyrielle** : *Comment ça tu sais où il est ? Tu ne le connais même pas voyons !*

- **Le chêne** : *Oh, je ne t'ai pas tout dit. La magie peut faire beaucoup parfois... Tiens, décroche cette feuille de ma branche, là ! Celle-ci ! Vas-y !*

- **Cyrielle** : *La magie ? Comment ça ?* reprend la jeune femme interdite.

- **Le chêne** : *Allez ! Ne te pose pas de questions ! Cueille cette feuille et regarde ce qui est inscrit dessus...Le temps est compté Cyrielle !*

- **Cyrielle** : *La magie ?* persiste Cyrielle de plus en plus surprise...

Comme l'arbre le lui ordonne, elle finit par cueillir la feuille.

- **Cyrielle** : *Oh !*

Dessus apparaît une adresse, le nom de famille d'Alexandre ainsi qu'un numéro de téléphone...

- **Cyrielle :** *Mais, mais...*

- **Le chêne :** *Non, non, ne te pose pas de questions, appelle-le !*

Cela fait bien longtemps que Cyrielle n'avait pas connu un tel enthousiasme et le sourire qu'elle renvoie au vieil arbre est splendide. Une vraie reconnaissance se lit dans les yeux de la jeune femme.

- **Cyrielle :** *Merci. Merci beaucoup...*

- **Le chêne :** *Tu as cueilli la feuille de la chance Cyrielle, cette feuille est ton premier indice pour pouvoir retrouver ce à quoi tu tiens tant.*

- **Cyrielle :** *La feuille de la chance...Ça alors ! Tu es vraiment magique ? Mais d'où viens-tu ?*
- **Le chêne :** *Je te l'expliquerai plus tard... Ne perds pas de temps ! Allez, file !*

Le chêne semble souffrir tout à coup. Inquiète, Cyrielle lui demande :

- **Cyrielle :** *Qu'as-tu ? Que t'arrive-t-il ?*
- **Le chêne :** *Ce n'est rien.*
- **Cyrielle :** *Mais et tes feuilles ? Ce n'est pas normal ! Elles étaient bleues et là, elles deviennent toutes jaunes ! Pourquoi ?*
- **Le chêne :** *Ne t'inquiète pas. Appelle-le. Appelle ton ami. C'est important...*

Le vieil arbre commence à disparaître. Paniquée, Cyrielle continue de tourner autour de lui et de crier :

- **Cyrielle :** *Attends ! Reviens !!! Comment t'appelles-tu ???*

- **Le chêne :** *Gaspard ! On se reverra très bientôt. Ne t'en fais pas...*

- **Cyrielle :** *Quand ? Quand ça Gaspard ?*

L'arbre disparaît. Cyrielle regarde autour d'elle et se met à penser :

- **Cyrielle :** *La forêt est redevenue comme avant et Gaspard n'est plus là. C'est drôle, maintenant, c'est comme si ces lieux étaient inhabités. C'est comme pour Alexandre : sans lui, c'est le monde entier qui est vide, qui a perdu de son charme.*

Cyrielle regarde vers le ciel et certaine que le vieil arbre magique l'entend, elle lui dit :

- **Cyrielle :** *Merci, merci encore Gaspard.*

Cyrielle est impatiente d'avoir son ami au téléphone, mais elle se sent très nerveuse :

- **Cyrielle :** *Quel mélange dans ma tête ! Bon calme-toi Cyrielle. Après tout, laisse parler ton cœur et reste naturelle, c'est ce qu'il y a de mieux. C'est ce que tu veux depuis toujours après tout !*

Cyrielle compose le numéro. La sonnerie retentit, une voix décroche :

- **Alexandre :** *Oui allo ?*

- **Cyrielle :** *Allo ? Alex ?*

- **Alexandre :** *Oui ? Oh ! Cyrielle ?*

- **Cyrielle :** *Oh ! Comment as-tu su que c'était moi ?*

- **Alexandre :** *Tu as la même voix que lorsque nous étions enfants ! Ça alors c'est une surprise ! Comme je suis heureux ! Comment vas-tu ?*

Cyrielle n'en revient pas, elle est aux anges ! Elle se met à sourire, les deux amis ont tellement de choses à se raconter depuis tout ce temps ! La discussion dure un long moment, la jeune femme profite de chaque instant. À travers la voix d'Alexandre, elle retrouve le petit garçon qu'elle avait connu autrefois...

C'est comme si le temps s'était arrêté, comme si elle avait fait un bond de vingt ans en arrière et quel bien cela lui fait ! Alexandre est fou de joie lui aussi et propose à Cyrielle de la revoir dans l'après-midi.

- **Alexandre :** *On se retrouve au jardin du Luxembourg, cela te va ?*

- **Cyrielle** : *Formidable ! Je n'ai encore jamais été dans ce jardin, mais j'ai toujours eu envie de le voir ! Tu y as déjà été toi ?*
- **Alexandre** : *Nope !*
- **Cyrielle** : *C'est marrant que tu dises nope !*
- **Alexandre** : *Oui, je trouve ça plus marrant que de dire non !*

Alexandre se met à rire. Il n'est pas si différent de quand il était enfant. Cyrielle est tellement heureuse ! Si tout se passe bien, ils vont enfin pouvoir retrouver leur complicité !

- **Alexandre** : *À tout à l'heure alors !*
- **Cyrielle** : *Oui à cet après-midi Alex !*

Elle raccroche le téléphone, les yeux brillants de bonheur.

Alex est impatient de la retrouver. Cyrielle ne pensait pas que la vie lui réserverait de si beaux moments ! Elle reprend alors confiance en elle et se sent de nouveau épanouie.

Heureuse comme un pinson, Cyrielle se prépare activement pour se rendre dans la forêt avant d'aller voir Alexandre. Elle tient absolument à annoncer la bonne nouvelle à Gaspard ! Pourvu que le vieil arbre soit revenu dans la forêt…
Elle l'aperçoit au loin et se sent rassurée. Les feuilles du chêne ont de nouveau une jolie couleur bleue et Gaspard a l'air de se porter à merveille !
- **Cyrielle :** *Gaspard ! Gaspard !*

- **Gaspard** : *Houlà ! Houlà ! Tu es porteuse d'une bonne nouvelle toi !*

La jeune femme, toute excitée, lui révèle :

- **Cyrielle :** *Gaspard ! C'est formidable ! Je l'ai eu au téléphone et nous nous voyons cet après-midi au jardin du Luxembourg !*

- **Gaspard :** *Parfait ma petite ! Alors cours, ne sois pas en retard !*

- **Cyrielle** : *Si tu savais comme je suis heureuse ! Merci Gaspard ! Tout ça, c'est grâce à toi. Tu es formidable !*

- **Gaspard :** *Tu m'en vois ravi ! J'ai hâte que tu me racontes comment vont se passer les retrouvailles...*

Cyrielle s'apprête à repartir, mais l'arbre bleu la rappelle aussitôt :

- **Gaspard** : *Attends Cyrielle ! Reviens ! J'allais oublier...*

Cyrielle réapparait :

- **Cyrielle** : *Oui ?*

L'arbre bleu penche alors l'une de ses branches vers Cyrielle et lui dit :

- **Gaspard** : *Il faut que la chance t'accompagne. Tiens, cueille une feuille sur cette branche...*

La jeune fille, hésitante, lui répond :

- **Cyrielle** : *Mais...cela t'a fait mal la dernière fois !*

- **Gaspard** : *Ne t'inquiète pas pour moi... Si tu ne la cueilles pas, je ne pourrai pas partir...*

- **Cyrielle** : *Pourquoi souhaites-tu partir ? Tu n'es pas bien ici dans cette forêt ?*

- **Gaspard :** *Si, justement. Mais si je pars, c'est pour mieux revenir...*

Cyrielle, hésitante, observe le vieux végétal...

- **Gaspard :** *S'il te plait Cyrielle, cueille cette feuille... N'aie pas peur.*

Cyrielle obéit et se dresse sur la pointe des pieds pour attraper la feuille que Gaspard lui indique. Les couleurs de l'arbre se mettent à changer comme la dernière fois et une vive lumière accompagne cette métamorphose. Les couleurs perdent de leur éclat et finissent par devenir jaune-orangé.

- **Gaspard :** *A bientôt Cyrielle...*

- **Cyrielle :** *A bientôt Gaspard...*

Cyrielle est toujours contrariée de voir partir Gaspard de cette manière, il semble tant souffrir à chaque fois, même s'il lui affirme le contraire.

L'arbre bleu a désormais disparu comme par enchantement et la vive lumière s'est dissipée. Cyrielle regarde tout autour d'elle et se met à penser :

- **Cyrielle :** *Cette forêt semble bien vide sans Gaspard. C'est drôle, c'est exactement comme quand Alexandre a déménagé et que je me suis retrouvée toute seule dans la cour de récréation, sans personne avec qui jouer ni avec qui parler...*

Cyrielle regarde de plus près la feuille qu'elle a cueillie. Dessus il est inscrit : *ne rate pas ton train...*

- **Cyrielle :** *Ne rate pas ton train ? Qu'est-ce que cela veut dire ?*

Une voix se fait alors entendre : c'est celle de Gaspard. Le vieil arbre n'est pas visible, mais répond comme un écho à Cyrielle :

- **Gaspard :** *Ne rate pas ton train... Il te fera vivre le plus beau voyage de ta vie... Dépêche-toi... Tu dois bientôt retrouver ton ami... Ne sois pas en retard.*

L'émotion est palpable sur le visage de Cyrielle. Tout est si mystérieux avec Gaspard et à la fois si excitant... Les souvenirs lui sautent à la gorge et lui donnent des ailes. Cyrielle part en petites foulées pour attraper ce train qui lui fera vivre le plus beau voyage de sa vie...

À bout de souffle, elle continue de courir par peur de le rater. Les idées se brouillent dans sa tête, elle semble entendre une voix, comme celle de Gaspard, lui dire :

- **La voix** : *Le temps passe, passe et repasse. Il va trop vite. Nous ne pouvons pas le stopper. Monte dans ce wagon.... Ne rate pas ton train, c'est là que va commencer ton voyage à travers le temps... Allez, prends place dans un siège confortable, ne regarde plus ta montre et compte désormais les minutes qui vont s'écouler...*

Épuisée, la jeune femme monte dans le RER et ferme les yeux pour récupérer un peu d'énergie. Le train démarre, le cœur de Cyrielle bat à tout rompre.

Retrouvailles

Alex et Cyrielle se sont perdus de vue depuis plus de vingt ans et là, elle va enfin pouvoir le revoir en chair et en os !

Rien qu'en y pensant, elle se sent légère, remplie d'allégresse, comme transportée... Quel bonheur !

Depuis qu'elle a de nouveau entendu le son de sa voix, Cyrielle voit les choses différemment et elle se dit que finalement, la dernière fois qu'elle a vu Alexandre, c'était il n'y a pas si longtemps...

Cyrielle semble être arrivée au point de rencontre, mais son ami n'est pas encore là. En attendant, elle s'assoit sur un banc, sort un livre de son sac, mais elle a du mal à se concentrer, aussi, elle le range et laisse plutôt son esprit vagabonder.

Cyrielle se met à observer les passants. À quoi ressemblerait Alexandre maintenant ?

Ah ! Ce jeune homme là-bas qui avance d'un pas décidé dans sa direction, c'est peut-être lui ? Non... finalement... trop âgé.

Et celui-ci ? Non... trop jeune.

Et cet homme là-bas ? Oh non trop petit !

Cyrielle voit une silhouette se rapprocher d'un pas nonchalant et s'attarder sur son visage. Oui, il n'y a aucun doute ! C'est bien lui, c'est bien Alexandre ! Son attitude, ses expressions, son sourire, c'est le petit garçon d'autrefois ! Il n'y a pas l'ombre d'un doute ! Elle se lève d'un bond et se dirige vers lui.

- **Alexandre :** *Salut* ! les deux amis se serrent dans les bras. *Enfin* ! *Tu m'as tellement manqué* !

- **Cyrielle :** *Oh toi aussi si tu savais ! Ça alors ! C'est vraiment toi !*

- **Alexandre :** *En chair et en os ! Enfin surtout en os, car j'ai bien minci depuis l'école primaire !*

Ils se mettent à rire.

- **Cyrielle :** *C'est vrai que tu es tout fin ! Qu'est-ce que je suis contente de te retrouver, tu n'imagines pas à quel point !*

- **Alexandre :** *Moi aussi j'étais impatient. Je me demandais si j'allais pouvoir te reconnaître, mais finalement, tu n'as pas beaucoup changé toi non plus ! Tu as toujours le même visage !*

- **Cyrielle :** *Merci ! Toi aussi tu sais ! J'étais morte d'inquiétude pour toi ! Pourquoi ce silence depuis toutes ces années ? Pourquoi n'ai-je plus eu de tes nouvelles après ta lettre ?*

- **Alexandre :** *Je suis tellement désolé. Je voulais continuer de t'écrire, car je savais que tu serais inquiète, mais maman m'en empêchait. Elle me voyait tellement triste d'être parti qu'elle pensait que ce serait mieux que j'oublie complètement ma* *vie d'avant et que je ne pense plus à toi, que je me refasse d'autres amis, mais je n'y suis jamais arrivé. Les meilleurs amis, quoi qu'il arrive, c'est pour la vie. Surtout des amis d'enfance, ça ne peut être que vrai et sincère.*

- **Cyrielle :** *Je suis tellement d'accord avec ce que tu dis !*

- **Alexandre :** *Quand je suis devenu majeur, j'ai voulu te retrouver, je te cherchais sur les réseaux sociaux, sur internet, partout, mais tu étais introuvable. J'ai même appelé notre ancienne école, c'est pour te dire !*

- **Cyrielle :** *C'est vrai ? Oh, ça me touche si tu savais ! Pour les réseaux sociaux, c'est normal, je n'y suis pas. Je n'ai pas vraiment confiance en internet.*

Cyrielle l'observe. Elle se plonge dans son regard qu'elle n'avait pas vu depuis tant d'années et fait alors un bond extraordinaire dans le temps ! Alexandre est là, enfin devant elle ! En chair et en os...

- **Cyrielle :** *Je voudrais que le temps s'arrête et revivre ces retrouvailles encore et encore...*

- **Alexandre :** *Nous allons rattraper le temps perdu, ne t'en fais pas et puis, il faut que je te parle de quelque chose d'important aussi... Dis-moi, tu as faim ? Tu veux qu'on déjeune ? Et après on se fait un ciné ça te dit ?*

- **Cyrielle :** *Avec grand plaisir ! Allez, on va manger, je meurs de faim !*

- **Alexandre :** *Moi aussi !*

Cyrielle est enchantée. Elle observe son ami et se plonge dans son regard. Comme on dit, le regard est le reflet de l'âme et Cyrielle souhaite se faire un maximum de souvenirs de cette journée.

En sa présence, les émotions que la jeune femme ressent sont très fortes. Certains diront : elle est amoureuse de son ami, cela se voit comme le nez au milieu de la figure ! Mais, étrangement : non ! Pas du tout ! Tout est très clair dans leur tête.
Cyrielle et Alexandre ne souhaitent pas avoir une relation amoureuse, ils ressentent simplement une profonde amitié, une grande affection et une sincère complicité. Qui qu'il

arrive, ils savent qu'ils pourront toujours compter l'un sur l'autre. Comme quoi l'amitié peut bel et bien exister entre un homme et une femme.

C'est un vrai retour dans le passé, un retour aux sources, à l'insouciance de leurs jeunes années.
Leur six ans, leur sept ans…
Où sont-ils ?
Pourquoi le temps passe-t-il si vite ?

- **Alexandre :** *Un ami d'enfance qu'on retrouve à l'âge adulte est une vraie richesse, car on a l'impression que le temps n'a pas de prise sur nous.* confie-t-il à son amie.

- **Cyrielle :** *Comme c'est exact !*

Cyrielle et Alexandre prennent place dans un restaurant et dévorent des hamburgers géants avec une montagne de frites !

Cyrielle observe longuement Alexandre. Elle ne veut perdre aucun moment de sa présence, de son regard, de son attitude, de ses mimiques... Tout cela lui rappelle tant de choses...

- **Alexandre :** *Il faut que je te dise quelque chose...*

- **Cyrielle :** *Oui, je t'écoute ?*

- **Alexandre :** *Je suis tellement heureux qu'on se soit retrouvés !*

Alexandre montre alors un sourire gêné, cela contrarie Cyrielle, elle fronce les sourcils et lui demande :

- **Cyrielle :** *Moi aussi, mais tu es bizarre tout à coup, je te sens contrarié.*

Les deux amis ont beaucoup de points communs et quand quelque chose ne va pas, cela se voit tout de suite sur eux. Ils sont tellement expressifs !

Alexandre sourit à Cyrielle et finit par lui confier :

- **Alexandre :** *Je suis désolé. Je ne t'en ai pas encore parlé car je ne voulais pas gâcher nos retrouvailles, mais je ne suis plus là pour très longtemps...*

Cyrielle laisse tomber sa fourchette au sol, son cœur se met à tambouriner comme un fou dans sa poitrine. Inquiète, elle lui demande d'une toute petite voix :

- **Cyrielle** : *Comment ça ? Comment ça tu n'es plus là pour très longtemps ? Qu'est-ce que ça veut dire ?*

- **Alexandre** : *Je... Je vais devoir partir au Canada. Dans quelques mois.*

- **Cyrielle** : *Au Canada ? Mais pourquoi ? Pourquoi ?*

- **Alexandre** : *Pour trouver du travail.*

- **Cyrielle** : *Mais tu n'arrives pas à en trouver ici ?*

- **Alexandre** : *Non. Ce que je fais est trop spécifique, il n'y a pas d'avenir ici pour les* *développeurs. Au Québec, c'est différent, je pourrai évoluer et m'épanouir dans mon travail. Ici, je n'y arrive plus. Je suis désolé de te l'apprendre le jour où l'on se retrouve tu sais.*

Cyrielle est dévastée. Elle ne s'attendait certainement pas à entendre ce genre de nouvelle.

- **Cyrielle :** *Quand dois-tu partir exactement ?*
- **Alexandre :** *Dans six mois.*

Cyrielle veut se montrer forte devant son ami, mais Alex la connaît bien. Même s'il ne l'a pas vue depuis longtemps, il sait toujours reconnaître un chagrin sur son visage.

- **Alexandre :** *Ne t'en fais pas. On ne va pas revivre la séparation qu'on a connu quand j'ai* *dû déménager et puis, on a six mois devant nous. On va bien profiter du temps qu'il nous reste.*

- **Cyrielle :** *Oui bien sûr. Compte sur moi, je vais profiter de chaque minute.*

Cyrielle en a gros sur le cœur, mais la jeune femme veut montrer à son ami qu'elle est forte. Et puis en six mois, il peut s'en passer des choses. Peut-être arrivera-t-elle à le dissuader de partir ?

C'est son seul et unique espoir...

- **Alexandre :** *En attendant, profitons de cette journée !*
- **Cyrielle :** *D'accord !*
- **Alexandre :** *Allez, on prend une glace et je t'invite au ciné après, ça te dit ?*

- **Cyrielle** : *Avec plaisir ! Allez ! Go !* lui répond-elle avec un grand sourire.

Les jours passent à une vitesse extraordinaire et il est déjà l'heure pour chacun de repartir. Cyrielle n'a pas envie de laisser son ami, encore moins après avoir appris qu'il allait partir au bout du monde !

Alex est peiné pour Cyrielle de devoir s'installer au Québec et de la laisser une nouvelle fois, mais en même temps, il semble tellement excité à l'idée de commencer une nouvelle vie là-bas ! Il a dû en baver ici, ça se voit, il n'en peut plus de tous ces gens.

- **Alexandre** : *On se revoit la semaine prochaine Cyrielle ?*

Pas avant ? Cyrielle est déçue, mais elle ne le montre pas. Elle répond avec un grand sourire :

- **Cyrielle** : *Bien sûr ! Que voudrais-tu que l'on fasse ?*
- **Alexandre :** *Je ne sais pas trop, on verra.*

Tout au long de la journée, Alexandre se montre un peu plus distant avec Cyrielle. Depuis qu'il a annoncé son départ pour le Canada, il semble gêné et se montre moins bavard. Même si cela rend très triste la jeune femme, Cyrielle continue de garder le sourire et de profiter de la présence de son ami comme si de rien n'était.

Mais au moment où Alexandre doit repartir, même si elle sait qu'elle le revoit la semaine prochaine, elle se sent de nouveau envahie d'une profonde tristesse, les larmes lui montent aux yeux.

Alexandre se retourne pour lui faire un dernier signe de la main et Cyrielle essaie de lui faire comprendre à travers son regard suppliant qu'elle a besoin de lui, qu'il ne doit pas partir. Peut-être y a-t-il une autre solution pour qu'il puisse s'épanouir autrement dans son travail ?

Que peut-elle faire pour l'aider ?

Ce soir-là, Cyrielle ne peut s'empêcher de revivre le moment où, petite, elle avait appris qu'Alexandre ne reviendrait plus en classe, qu'il allait partir définitivement, lui, son bon copain, son confident, son protecteur contre ces mauvais écoliers qui ne cessaient de s'en prendre à elle, les plus terribles faisaient partie de la bande à Jimmy.

Enfant, Cyrielle se disait chaque matin avant d'aller à l'école :
- **Cyrielle :** *Désormais, je vais devoir affronter toute seule la bande à Jimmy...*
Elle en frémissait.

Aujourd'hui en pensant au départ d'Alexandre qui se fera dans un avenir proche, elle se dit :

- **Cyrielle :** *Je n'ai pas d'autre choix que d'affronter ma peine et l'angoisse de ne peut-être plus jamais le revoir. Je sais qu'il partira au Canada dans six mois et je dois m'y préparer, mais en l'espace de quelques heures, je me suis de nouveau attachée à lui. C'est plus fort que moi !*

Avant qu'il ne parte définitivement pour le Québec, il reste six mois. Six mois pour rattraper le temps perdu.

La semaine suivante, les deux amis se retrouvent pour boire un verre, puis marchent un petit moment dans Paris.

Cyrielle trouve Alexandre nerveux et pas très bavard. Peut-être est-il fatigué ou contrarié ?

- **Cyrielle :** *Que se passe-t-il Alex ? Ça n'a pas l'air d'aller ?*

- **Alexandre :** *Les démarches ne se passent pas vraiment comme je l'aurais imaginé. Au Canada, ils cherchent de nouveaux travailleurs, de nouveaux arrivants, mais ne facilitent pas les choses ! En plus, je souhaite un statut de résident permanent, mais l'immigration des Français demande beaucoup de papiers, etc...*

Cyrielle est ravie d'apprendre cela. Peut-être que son ami finira par ne plus partir ?

Mais en voyant que cela le tourmente tellement, elle est peinée pour lui et préfère lui montrer son soutien en le rassurant :

- **Cyrielle** : *Ne t'en fais pas. Les choses vont s'arranger. Crois-moi, ça s'arrange toujours.*
- **Alexandre** : *Tu es gentille.*

Cyrielle sait qu'Alexandre adore la photographie, elle lui a donc préparé une petite surprise, cela va certainement lui remonter le moral !
- **Cyrielle** : *Tiens, regarde ce que je t'ai trouvé...*
- **Alexandre** : *Qu'est-ce que c'est ?*

Cyrielle a retrouvé de vieilles photos de son ami quand il était petit. Elle ne s'est pas trompée, cela enchante le jeune homme ! Il s'exclame aussitôt :
- **Alexandre** : *Oh ! Ça alors ! Je n'arrivais pas à remettre la main sur celles que j'avais ! Elles*

ont dû rester chez ma mère, mais c'est un tel bazar dans sa maison ! Ça me fait tellement plaisir si tu savais !

- **Cyrielle :** *Tu peux les garder, ce sont des doubles. Tu te souviens de celle-ci ? Regarde, on se déguisait pour le carnaval !*

Son regard s'illumine :

- **Alexandre :** *Oh oui ! J'adore ! Merci, oh merci beaucoup Cyrielle !*

- **Cyrielle :** *Je t'en prie.*

C'est alors qu'Alexandre lui propose :

- **Alexandre :** *On pourrait en faire de nouvelles aussi ! Pour compléter nos albums ! Qu'en penses-tu ?*

- **Cyrielle :** *J'allais justement te le proposer !*

- **Alexandre :** *Viens, on va se mettre ici, c'est sympa comme endroit !*

Alex a retrouvé le sourire avec ces photos anciennes. Il brandit son téléphone portable et s'amuse à faire quelques selfies avec son amie d'enfance.

Cette gentille attention représente tellement pour Cyrielle...

- **Alexandre :** *Je vais à la patinoire cet après-midi. Tu veux venir avec moi ?*
- **Cyrielle :** *J'aimerais beaucoup tu penses seulement, je ne peux plus monter sur la glace, à cause de mon dos. Si je chute dessus, je risque de graves complications. Le médecin a été formel.*

- **Alexandre :** *Ah mince, je suis vraiment désolé pour toi. On se serait tellement bien amusé ! Comme avant ! Tu te rappelles ?*
- **Cyrielle :** *Bien sûr ! Qu'est-ce qu'on riait !*
Cyrielle raconte à son ami ses expériences récentes sur la glace et ses prouesses artistiques et ce dernier se met à rire.
- **Alexandre :** *C'est ça quand on prend de l'âge ma vieille, on commence à rouiller !*
Cyrielle rit à son tour :
- **Cyrielle :** *Tu es bête ! On est encore jeune voyons !*
- **Alexandre :** *Évidemment ! Je te taquine ! Tu m'accompagnes quand même ?*

- **Cyrielle :** *Bien sûr ! Je vais venir avec toi et te regarder patiner, ça me fera déjà très plaisir tu sais !*
- **Alexandre :** *Super, allons-y !*

Cet après-midi-là, en voyant son ami patiner, Cyrielle est aux anges ! Alexandre est un champion à ses yeux, elle n'a jamais vu quelqu'un patiner aussi bien. Le jeune homme semble tellement à l'aise sur la glace, il file à une vitesse incroyable ! Le patinage est à la fois un refuge et une passion pour lui, depuis tout petit.

Quand Alexandre a fini, les deux amis s'assoient dans un café pour boire un verre.

Alexandre ne boit jamais d'alcool, comme son amie et ils ne s'en portent pas plus mal !

Ils discutent tranquillement de choses et d'autres puis, Alex lui parle du patinage, c'est un vrai passionné. Lui qui est plutôt de nature réservée, se lance alors dans des explications et des détails tellement complexes que seuls des professionnels pourraient comprendre ! Cyrielle l'écoute longuement, elle est admirative.

- **Cyrielle :** *Pourquoi n'as-tu jamais pensé à faire de la compétition ?*

- **Alexandre :** *Parce qu'il n'y a que des cons ! Je n'aime pas cette ambiance, je préfère patiner tranquillement dans mon coin pour que cette passion ne devienne pas une contrainte. Dès que* *tu fais de la compétition, tu croises beaucoup de personnes qui te rabaissent, qui remarquent le moindre de tes défauts et j'ai un caractère trop colérique pour rester courtois avec eux si jamais ils m'agaçaient trop.*

Alex n'a pas tort. En entendant ces mots, Cyrielle repense à une autre expérience peu agréable qu'elle a vécue à cause du patinage : en effet, deux de ses amis ne prennent plus de nouvelles d'elle depuis maintenant plusieurs années à cause de la passion excessive d'Emma, leur fille ainée, pour le patin à glace. Cette gamine de onze ans ne jure depuis son plus jeune âge que pour ce sport et les parents, bien évidemment, voyant le talent de l'adolescente et la fierté qu'elle peut leur apporter, sont contraints de vivre uniquement autour de ça. La famille d'Emma doit l'accompagner tous les jours à la patinoire et presque tous les week-ends pour des compétitions.

Cyrielle avait une bonne complicité avec ces amis, elle s'occupait souvent des enfants et c'est même grâce à Cyrielle qu'ils se sont rencontrés et qu'ils ont fondé une famille.

Et pour la remercier : une indifférence au plus haut point !

Même pas un petit coup de téléphone de temps en temps pour savoir comment elle va, alors qu'ils étaient si proches auparavant !

Tout ne tourne plus désormais qu'autour de la jeune prodige !

Cyrielle a le cœur gros en y repensant. En entendant cette histoire, Alexandre est peiné pour son amie :

- **Alexandre :** *C'est fou ça quand même. C'est dommage que les gens se comportent ainsi, ils sont vraiment égoïstes parfois. Et je te parie que la gamine va devenir une véritable petite pimbêche !*

- **Cyrielle :** *Le pire c'est que c'est vrai !*

- **Alexandre :** *Tu vois pourquoi je ne fais pas de compétition ? C'est pour éviter de côtoyer ce genre de personne ! Je plaisante, ils ne sont pas tous comme ça !*

Le téléphone d'Alexandre se met alors à sonner.

- **Alexandre :** *Ah ! Je vais devoir y aller miss ! J'avais oublié qu'il fallait que je passe chez mon frère ce soir et il faut en plus que j'avance dans mes papiers. Ça m'a fait plaisir de passer du temps avec toi.*

- **Cyrielle :** *Moi aussi tu sais ! On se revoit bientôt ?*

Alex ne dit pas non, simplement son planning actuel ne lui permet pas pour le moment de savoir quand ils se reverront. Il faut qu'Alexandre retourne également voir sa mère qui habite toujours dans le sud de la France.

Cyrielle est un peu peinée. Alexandre n'a pas dit oui, mais il n'a pas dit non non plus. C'est un petit espoir et en même temps une déception.

Cyrielle tente de se rassurer et reste persuadée qu'Alexandre ne lui a pas répondu cela par politesse et qu'il est toujours content quand ils se retrouvent tous les deux.

Petit, Alexandre détestait mentir et son regard est toujours aussi franc, alors pourquoi Cyrielle devrait-elle douter ? Ce n'est pas une belle preuve d'amitié ! Non, Alexandre est seulement débordé par toutes ces démarches qui lui reste à faire. Cyrielle reste avec l'espoir de le revoir très prochainement.

Mais, lorsque le métro repart, la jeune femme a tout de même un gros pincement au cœur et le doute l'envahit... Elle regarde le train s'éloigner.
Cette rencontre d'aujourd'hui restera gravée dans son cœur. Mais comme cette journée a vite passé encore une fois !

Quand Cyrielle connaîtra des jours plus durs, ce sera un souvenir de plus auquel elle pourra penser pour aller mieux.
Déjà, revoir Alexandre lui redonne à chaque fois de la force, une force qui jusque-là l'avait

abandonnée. Même si la jeune femme ne l'a revu que quelques heures, cela lui suffit. Alexandre, c'est comme un frère pour elle et ces nombreuses années passées sans lui n'y ont rien changé. Ces sentiments ne s'estomperont jamais avec le temps...

Cyrielle a le cœur gros et éprouve le besoin de se confier au vieux chêne. Elle se rend alors dans la forêt et retrouve Gaspard avec bonheur :

- **Cyrielle :** *Comment vas-tu Gaspard ?*
- **Gaspard :** *Pas trop mal ma petite. Et toi ? Alors, je ne t'ai pas vue depuis un petit moment... Comment se sont passées les retrouvailles ?*

Cyrielle lui raconte tout. Le vieil arbre est peiné pour elle d'apprendre qu'Alexandre s'en va aussi loin.

Cyrielle ne peut s'empêcher de pleurer devant Gaspard et lui confie alors :

- **Cyrielle :** *Retrouver un ami d'enfance que l'on n'a pas vu depuis vingt ans et le revoir après tant d'années est un moment privilégié. Les sentiments que l'on ressent lorsqu'on revoit cette personne sont magiques. On se replonge dans le passé, on revit des choses dans un temps où tout allait bien et le futur ne nous effraie plus... C'est ce que je ressens lorsque je suis avec lui. Tu comprends ? Et là, tout va de nouveau s'arrêter !*

- **Gaspard :** *Cyrielle...*

Le ton que prend le vieux chêne est grave et inquiète la jeune femme. Elle sait ce que l'arbre bleu va lui dire et elle ne veut pas l'entendre.

- **Cyrielle :** *Non, tais-toi...*

- **Gaspard :** *Cyrielle, les gens qu'on aime, il faut aussi savoir les laisser partir...*

Cyrielle se lève brusquement et se met en colère :

- **Cyrielle :** *Gaspard ! Te rends-tu compte de ce que tu dis ???*

- **Gaspard :** *Je ne dis pas cela pour te faire du mal, au contraire...*

- **Cyrielle :** *Alors pourquoi ? Pourquoi briser mon rêve ? Je viens seulement de retrouver mon ami ! Il faut l'empêcher de partir, il fait une* *bêtise en s'en allant aussi loin, il laisse tous ceux qui l'aime derrière lui !*

- **Gaspard :** *Non Cyrielle. C'est son choix. C'est ce qu'il souhaite par-dessus tout, il n'est pas heureux ici, tu ne peux pas le retenir ! Imagine que tu veuilles partir un jour, tu aimerais que quelqu'un t'en empêche ?*

- **Cyrielle :** *Non bien sûr...*

- **Gaspard :** *Alors pense à ton ami... Si tu te mets au travers de sa route, il risque de t'en vouloir et c'est là où tu risques de le perdre définitivement...*

- **Cyrielle :** *C'est faux ! Tu as tort ! Alex ne me détestera jamais ! Lui aussi a besoin de moi ! Tu n'es qu'un vieux chêne tout rouillé qui ne sait plus ce qu'il dit et je te déteste !*

Cyrielle s'enfuit.

- **Gaspard** : *Cyrielle, attends ! La feuille ! Cueille la prochaine feuille !*

- **Cyrielle** : *Je n'ai pas besoin de tes feuilles, je n'ai pas besoin de toi ! Ce que tu dis me fait souffrir et je ne veux plus jamais te revoir !*

- **Gaspard** : *Cyrielle ! Attends !*

Cyrielle est loin maintenant. Après cette course effrénée, elle reprend son souffle et s'assoit sur une vieille souche puis se met à pleurer.

- **Cyrielle** : *Gaspard a tort ! Alexandre ne me détestera jamais ! Ce vieil arbre a complètement perdu la raison...*

Petit à petit, la jeune femme retrouve son calme. C'est alors qu'elle se rend compte qu'elle a dépassé les bornes.

- **Cyrielle :** *Mais qu'est-ce qu'il m'arrive ? Cela ne me ressemble pas. Je me suis comportée comme une adolescente et je me suis montrée très cruelle avec ce pauvre arbre. Il n'y est pour rien. Il faut que je me reprenne.* Cyrielle retourne sur ses pas, mais ne trouve plus le vieux chêne *Gaspard ! Gaspard ! C'est moi Cyrielle ! Où es-tu ? Gaspard ?*

Personne ne répond.

- **Cyrielle :** *S'il te plaît, ne sois pas fâché ! Je t'écouterai la prochaine fois, c'est promis. Je suis désolée de t'avoir parlé ainsi. C'est juste que... j'ai* *tellement de chagrin. J'ai bien compris ce que tu m'as dit. Reviens ! S'il te plait !*

Le vieux chêne ne donne aucun signe de vie. Cyrielle s'assoit sur une souche et se met à pleurer :

- **Cyrielle :** *Gaspard... Qu'ai-je fait... J'aurais dû l'écouter.*

C'est à cet instant que Gaspard apparaît à ses côtés. Cyrielle se jette alors sur lui et l'entoure de tout son cœur :

- **Cyrielle :** *Gaspard ! Oh que je suis contente de te voir ! Excuse-moi, j'aurais dû t'écouter ! C'est toi qui avais raison... C'est juste que...*

Tendrement, l'arbre lui répond :

- **Gaspard :** *Que ?*

- **Cyrielle** : *Je ne voulais pas admettre que ce que tu disais était vrai, même si je le savais... J'ai tellement de peine à l'idée de le voir partir...* se dégageant de l'arbre *Si Alex s'en va, ce sera comme si je le laissais partir une deuxième fois... Tu comprends ? C'est tellement douloureux.*
- **Gaspard** : *Cyrielle, ne te fais pas de souci pour lui. Il sait ce qu'il fait. Alexandre sait mieux que personne ce qui est bon pour lui. C'est un homme maintenant.*

Les aveux

- **Cyrielle :** *Je t'ai envoyé pas mal de messages récemment et j'en suis navrée, car j'ai un peu exagéré, mais il fallait à tout prix que je te vois...*
- **Alexandre :** *Nope je t'en prie. Ne t'en fais pas.*
- **Cyrielle :** *Voilà. Peu importe ce que tu vas penser. On dit souvent : loin des yeux, loin du cœur... Eh bien moi, cela me fait l'inverse ! Ton départ me fait angoisser, c'est égoïste je sais, mais il fallait que je t'en parle.*
- **Alexandre :** *Je comprends. Tu sais, ce n'est pas facile pour moi non plus. C'est normal que tu ressentes cela, ce n'est pas égoïste.*

- **Cyrielle :** *Tu vas vraiment partir cette année ? Même si les démarches sont complexes ?*

Sans l'ombre d'une hésitation, Alexandre acquiesce :

- **Alexandre :** *Oui, cette année c'est certain. Ça commence à s'arranger là en plus.*

Cyrielle tente de dissimuler sa peine, seulement c'est très difficile. Elle est obligée de se mordre les lèvres pour ne pas pleurer devant son ami.

- **Cyrielle :** *Mis à part le travail, pourquoi veux-tu partir aussi loin Alex ? Pour découvrir de nouveaux horizons ?*

- **Alexandre :** *Oui c'est à peu près ça.*

Alexandre reste évasif sur sa réponse. Voyant son hésitation, Cyrielle y perçoit un petit espoir alors elle poursuit :

- **Cyrielle :** *Mais tu as aussi de beaux endroits en France ! Et puis, tu pourrais avoir un autre emploi ! Je suis certaine qu'il y a des endroits où tu pourrais trouver ce que tu recherches...*

Alexandre n'est pas d'accord avec elle sur ce point. Il a vraiment envie de partir à l'étranger.

- **Alexandre :** *Nope, pas en France. Ce que je cherche n'est pas ici. J'en ai assez, je veux m'en aller. J'ai tout vu ici tu sais, je veux partir à l'aventure, comme le font d'autres jeunes. C'est maintenant que je peux vivre cette expérience, pas après. On ne sait jamais comment les choses* *peuvent se dérouler. Là, j'ai l'opportunité de le faire. C'est une chance à saisir ! Même si, tu sais, cela me fait de la peine de te quitter.*

- Cyrielle : *Je comprends. Quand on aime les gens, on doit aussi les laisser partir, mais ce n'est pas évident.*

Son ami la regarde longuement puis lui répond :

- Alexandre : *Ça me touche ce que tu me dis.*

Cyrielle tente de percevoir à travers son regard quelques signes de compassion, ou bien un hochement de tête qui la rassurerait. Mais non, rien. Alex est sûr de ce qu'il veut et rien ne le fera changer d'avis.

Cyrielle a envie de lui dire :

- Cyrielle : *Reste avec moi, s'il te plait.*

Mais quelque chose l'en empêche et puis, elle lui a assez fait comprendre comme ça que son absence allait être terrible pour elle. Rien que d'y penser, Alexandre commence déjà à lui manquer. Tout sera de nouveau tellement vide…

Cyrielle a du mal à s'imaginer le monde sans lui, mais même si cela lui coûte, elle préfère respecter son choix. Quand on aime les gens, il faut savoir aussi les laisser partir parfois.

Ce soir, en rentrant chez elle, Cyrielle ressort quelques photos anciennes. Celles de son école, de son passé et elle y revoit la bouille de son ami. Elle ferme les yeux et tente de se rappeler les odeurs, les bruits, les éclats de rire d'autrefois... Elle tente de revoir les lieux, de se souvenir des voix d'Alexandre et de ses petits camarades, les attitudes des autres écoliers, elle se souvient des cours, des fameuses dictées qui l'enchantaient, des calculs qui l'insupportaient en classe.

L'espace d'un instant, elle voudrait redevenir une petite fille, elle voudrait, pendant un jour, revivre des moments de son enfance, époque bénie et tellement agréable à ses yeux. Même la sévérité de ses maîtresses et les moqueries des élèves ne l'effraieraient plus.
Les photos, témoins du passé sont tellement parlantes. Qu'est-ce que Cyrielle aime s'y

replonger ! Les photos de famille sont ses préférées, cela lui fait chaud au cœur de revoir tous ces visages.

Et mamie...

Et papy...

Et l'oncle Georges...

Et le cousin Baptiste...

Et sa chère tante Armelle...

Toute sa famille adorée était encore vivante du temps d'Alexandre. Qu'est-ce qu'ils peuvent lui manquer aujourd'hui. C'est comme si au plus profond de son cœur, Cyrielle a une plaie qui ne cicatrisera jamais. Elle a tellement de mal aujourd'hui à vivre sans eux.

Et cette mélancolie ne fait que s'accentuer avec le départ d'Alexandre pour le Canada.

Alors, la jeune femme décide d'écrire ce qu'elle ressent. Cela fait du bien paraît-il. Cyrielle sort une feuille blanche de son tiroir et couche sur du papier ses sentiments, ses émotions, ses regrets, ses doutes, mais aussi ses angoisses.

Au bout d'une heure, elle se sent libérée et moins triste.
Cyrielle constate une chose : elle n'est jamais seule quand elle écrit…

Lorsqu'elle se relit, elle n'est pas mécontente de ce qu'elle a rédigé :

Je suis déçue du monde dans lequel je vis aujourd'hui. Une fois devenus adultes, les gens sont tellement différents.
Où sont passées leur spontanéité, leur insouciance ? Envolées, avec les années qui passent, comme d'autres valeurs transmises par les parents et oubliées avec le temps.

Il est vrai que je détonne parfois en société, car j'ai une personnalité quelque peu étonnante. J'ai gardé mon âme d'enfant et cela ne plait pas à tout le monde. J'ai toujours cette facilité déconcertante à m'émerveiller d'un rien, c'est comme ça, c'est plus fort que moi et cela fait bien rire certaines personnes, mais ils feraient mieux de se mêler de leurs affaires et de me laisser vivre comme je l'entends car moi, je me sens bien ainsi. Pour moi, c'est une richesse et ceux qui sont incapables de me comprendre ne valent pas grand-chose à mes yeux. Après tout, la personne la plus importe : c'est nous-mêmes.

Épuisée, Cyrielle s'endort. Elle sait qu'elle va déjeuner avec Alexandre demain midi et il faut qu'elle soit en forme. Rien que d'y penser, la jeune femme va faire de très beaux rêves…

Le lendemain, au restaurant, les deux gourmands se mettent en terrasse et commandent leur plat préféré : hamburger et frites. Comme du temps de son enfance, Alexandre se montre protecteur vis-à-vis de Cyrielle et sa présence la rassure mais tout à coup, Alexandre se met à fixer une personne au loin et fronce les sourcils.

- **Cyrielle** : *Que t'arrive-t-il ? Qu'est-ce qu'il y a ?*

Alexandre ne répond pas et continue de fixer des yeux cet homme qui s'amuse à importuner les passants et les gens qui sont tranquillement installés en terrasse. Le visage d'Alexandre fulmine. Cyrielle est inquiète, elle voit tout à coup son ami se lever pour aller en direction de cette personne et elle s'apprête à se dégager à son tour de sa chaise, mais Alexandre lui ordonne :

- **Alexandre :** *Non, reste ici !*

Cyrielle se rassoit et surveille de loin la scène. Elle a peur pour Alexandre, elle ne veut pas qu'il se batte ou qu'il lui arrive quoi que ce soit. Pas Alex. On vit dans un monde tellement fou de nos jours, on ne sait pas ce qui peut se passer dans la tête d'un détraqué, comme cet individu qu'Alexandre est parti interpeler.

La jeune femme voit revenir son ami après un court instant.

- **Alexandre :** *C'est bon. Il a compris, il n'a pas cherché à me répondre, il est parti sans demander* *son reste. Non mais ce n'est pas croyable de voir cela ! Je déteste l'injustice, il vient ennuyer tous ces gens comme ça gratuitement !*

Alexandre retrouve peu à peu son calme et mange avec appétit son plat préféré. Cyrielle lui sourit et fait comme si de rien n'était. Elle n'a pas voulu lui dire sur le moment qu'elle avait eu si peur pour lui.

Les mois passent tellement vite. Alex part au Canada dans une semaine et Cyrielle se sent de plus en plus nerveuse. Son ami l'invite à venir le voir au Québec dès qu'elle peut, seulement Cyrielle a une peur panique de l'avion ! Seulement, pour Alexandre, elle pourrait aller jusqu'au bout du monde. Sa peur s'envolerait comme cette grosse machine dans le ciel.

La veille du départ d'Alexandre, Cyrielle ressent le besoin d'aller se confier à Gaspard :
- **Cyrielle** : *C'est injuste.* lui dit-elle en arrivant devant le vieux chêne.
- **Gaspard** : *Je sais. Ce n'est pas facile. Il va falloir que tu sois forte et que tu apprennes à affronter l'angoisse de ne pas le revoir aussi souvent que ces derniers mois.*
- **Cyrielle** : *Et s'il ne revenait pas ?*
- **Gaspard** : *Non, il ne faut pas penser cela. Dis-toi une chose : les gens qu'on aime, on finit toujours par les revoir.*

- **Cyrielle :** *Pfff. Je ne sais plus quoi faire...*

- **Gaspard :** *Ne te torture pas l'esprit comme ça. Laisse faire les choses et accepte-les Cyrielle. C'est ce qui te fera le moins souffrir, crois-moi. Ce n'est pas parce qu'Alexandre va partir qu'il t'oubliera... C'est ton meilleur ami. Regarde, quand vous vous êtes retrouvés, c'était comme avant, n'est-ce pas ?*

- **Cyrielle :** *Oui c'est vrai, tu as raison. Au lieu de me tracasser, je vais être une amie exemplaire pour lui. Je vais l'aider et l'encourager. Je vais même m'intéresser au Québec pour en savoir un peu plus sur le mode de vie.*

- **Gaspard :** *Voilà ! Je préfère t'entendre parler comme ça ! Tu as bien raison ! Regarde sur* *internet ou emprunte des livres à la bibliothèque sur le Québec.*

- **Cyrielle :** *Oui je vais faire ça. Je te laisse Gaspard. Je repasserai te voir demain. Porte-toi bien.*

- **Gaspard :** *A demain ma grande.*

Le départ

Cyrielle n'a pratiquement pas fermé l'œil de la nuit, elle a longtemps hésité à rejoindre son ami à l'aéroport pour le voir partir et ce matin, elle ne sait toujours pas quoi décider. L'avion d'Alexandre décolle à 16h30, aussi, la jeune femme a le temps de se rendre dans la forêt pour avoir l'avis de Gaspard. En arrivant devant le vieux chêne, elle le trouve endormi.

- **Cyrielle :** *Gaspard ! Gaspard ! Réveille-toi ! Ce n'est pas le moment de dormir !*

Le vieux chêne s'est profondément assoupi. Cyrielle tente de secouer ses branches. Rien.

Elle tente alors le tout pour le tout : elle cueille une de ses feuilles et Gaspard se réveille aussitôt.

- **Gaspard** : *Oh ! Que se passe-t-il ?*

- **Cyrielle** : *Je t'ai fait mal ?* lui demande-t-elle toute contrite.

- **Gaspard** : *Non. Tu m'as seulement surpris c'est tout.*

- **Cyrielle** : *Excuse-moi.*

L'arbre regarde Cyrielle d'un air attendri et lui répond :

- **Gaspard** : *Ne t'inquiète pas. Et puis, regarde le nombre de feuilles qu'il me reste ! J'en ai encore beaucoup.*

Cyrielle observe longuement le vieux chêne :

- **Cyrielle** : *Gaspard...*

- **Gaspard :** *Oui ma petite.*

Cyrielle tourne et retourne la feuille qu'elle a décrochée et demande à Gaspard :

- **Cyrielle :** *C'est la feuille de quoi celle-ci ?*
- **Gaspard :** *À toi de le décider...*

Cyrielle répond immédiatement :

- **Cyrielle :** *La feuille de la dernière chance ?*
- **Gaspard :** *Pourquoi la dernière chance ?*
- **Cyrielle :** *Je ne sais pas... J'espère encore... Son avion part seulement en fin d'après-midi. Je me dis que peut-être ...*
- **Gaspard :** *Peut-être ?*
- **Cyrielle :** *Peut-être qu'il ne partira pas finalement ?*

Le regard rempli d'espoir de la jeune femme touche profondément le vieil arbre. Très gentiment, il l'entoure d'une de ses branches et lui dit :

- **Gaspard :** *Cyrielle... On en a déjà parlé.*
- **Cyrielle :** *Oui je sais, mais...*

Cyrielle éclate en sanglots...

- **Cyrielle :** *C'est tellement difficile... Je crois que je préfère ne pas le voir partir ! Il serait déçu s'il me voyait pleurer comme une enfant !*
- **Gaspard :** *Cyrielle, lorsque vous étiez petits, ne t'a-t-il donc jamais vu pleurer ?*
- **Cyrielle :** *Si, plein de fois tu penses !*
- **Gaspard :** *Alors tu vois. Tu es la même personne, rien n'a changé.*

Cyrielle cesse de sangloter, elle se met à réfléchir puis lui répond :

- **Cyrielle :** *Tu as raison. Alexandre m'a déjà vu avoir du chagrin, mais quand on est adulte, ce n'est pas pareil, on doit savoir contrôler ses émotions.*

- **Gaspard :** *Tu crois qu'il va se moquer de toi ?*

- **Cyrielle :** *Ah non ! Alex ne ferait jamais ça ! Petite, je pleurais souvent et il me consolait à chaque fois. Pourquoi cela changerait-il aujourd'hui ?*

- **Gaspard :** *Tu vois, tu viens de répondre toi-même à ta question.*

- **Cyrielle :** *C'est vrai.*

- **Gaspard :** *Bien. Qu'as-tu décidé ?*

- **Cyrielle :** *Tu ne veux pas décider à ma place ? Comme ça je n'aurai pas de remords...*

- **Gaspard** : *Comment ? Mais quel culot, certainement pas !*

Après une longue réflexion, Cyrielle lui demande :

- **Cyrielle** : *Qu'est-ce qui me fera le moins souffrir Gaspard ?*

- **Gaspard :** *Je pense que tu risques de regretter de ne pas y avoir été.*

- **Cyrielle** : *C'est ce que je me dis, mais si je n'arrive pas à contenir mes larmes devant lui ?*

- **Gaspard** : *Et alors ? Il verra que tu es une véritable amie et il ne t'oubliera jamais.*

- **Cyrielle** : *Jamais ?*

- **Gaspard** : *Jamais.*

Le vieil arbre semble soucieux et cela n'échappe pas à Cyrielle. Elle lui demande alors :

- **Cyrielle :** *Qu'as-tu Gaspard ?*

- **Gaspard :** *Pourquoi me demandes-tu cela ?*

- **Cyrielle :** *Je te trouve différent par rapport à d'habitude. Dis-moi, je ne te fatigue pas avec mes histoires ?*

- **Gaspard :** *Bien sûr que non voyons, il ne faut surtout pas penser ça ! Je suis là pour t'écouter et cela ne m'ennuie pas le moins du monde.*

Cyrielle se rend à la rivière, remplit sa bouteille d'eau fraîche et lui tend :

- **Cyrielle :** *Tiens. Bois un peu d'eau. Cela te fera du bien.*

- **Gaspard :** *Merci.*

Cyrielle l'observe et lui demande :

- **Cyrielle :** *Dis-moi la vérité... Tu vas partir toi aussi ? C'est ça ?*

Le vieux chêne se plonge alors dans le regard de Cyrielle et reste silencieux puis, il baisse les yeux et secoue ses branches. Inquiète, la jeune femme persiste :

- **Cyrielle :** *Tu vas partir ?*

Après un long silence qui paraît être une éternité pour Cyrielle, Gaspard lui répond :

- **Gaspard :** *Oui.*

- **Cyrielle :** *Quoi ? Toi aussi ? Mais pourquoi ? Pourquoi Gaspard ?*

- **Gaspard :** *Je suis obligé.*

- **Cyrielle :** *Comment ça ? Pourquoi es-tu obligé ? Tu n'es pas bien dans cette forêt ?*

- **Gaspard** : *Cyrielle, je vais te confier un secret : j'étais venu pour toi, pour t'aider et tu as l'air d'aller mieux maintenant. J'ai fait mon devoir, je dois partir. On me demande ailleurs...*
- **Cyrielle** : *Qui te demande ? Qui Gaspard ?*
- **Gaspard** : *Je ne peux malheureusement rien te dire. Mais on se reverra, je te le promets.*

Cyrielle se met à pleurer.

- **Gaspard** : *Non, essuie ces larmes. Ne pleure pas.*
- **Cyrielle** : *Mais tu étais un ami pour moi ! Moi aussi j'ai besoin de toi !*
- **Gaspard** : *Je serai toujours ton ami. Je serai toujours là pour toi.*
- **Cyrielle** : *Mais comment puisque tu t'en vas ?*

- **Gaspard :** *Ce sera comme pour Alexandre. Est-ce que vos sentiments ont changé malgré la distance et les années qui vont ont séparé ?*
- **Cyrielle :** *Non, bien sûr, mais...*
- **Gaspard :** *Alors ce sera pareil pour moi.*
- **Cyrielle :** *Comment vas-tu t'en aller ?*
- **Gaspard :** *Comme je suis arrivé, mais ne t'en fais pas, tout va bien se passer.*
- **Cyrielle :** *Quand devrais-je te dire au revoir ?*
- **Gaspard :** *Maintenant ma petite Cyrielle.*
- **Cyrielle :** *Maintenant ???*
- **Gaspard :** *Oui. Dans quelques heures, je ne serai plus là Cyrielle.*

Cyrielle pleure de plus belle.

- **Cyrielle :** *C'est trop triste !*

- **Gaspard :** *Non, fais-moi plaisir, sois forte. Ne pleure plus. Je te promets qu'on va se revoir. Je tiens toujours mes promesses. Tu me fais confiance ?*
- **Cyrielle :** *Bien sûr Gaspard.*
- **Gaspard :** *Et promets-moi une chose...*
- **Cyrielle :** *Laquelle ?*
- **Gaspard :** *Ne regarde plus derrière toi, seul l'avenir compte. Le passé n'existe plus Cyrielle, il n'en reste que des souvenirs. C'est bien d'y repenser parfois, mais il ne faut pas confondre les souvenirs et la vie. Regarde loin devant toi, il n'y a que comme ça que tu pourras aimer la vie. La vie n'est tendre avec personne, mais elle apporte toujours de belles choses à ceux qui croient en*

leur bonne étoile. Et tu en as une. Ne te mets plus de barrières, tu me le promets ?

- **Cyrielle :** *Oui, je te le promets Gaspard. On se revoit très vite ?*

- **Gaspard :** *Tu as ma parole.*

Cyrielle entoure le vieil arbre de ses bras et le serre fort contre elle. Puis, elle repart en lui disant :

- **Cyrielle :** *A bientôt Gaspard...*

- **Gaspard :** *A bientôt Cyrielle. Sois heureuse dans ta vie. En attendant de se revoir, sache que tu resteras dans mon cœur.*

- **Cyrielle :** *Toi aussi. Gaspard ! J'ai pris ma décision : je veux aller dire au revoir à Alexandre. Ce serait lâche de renoncer par peur d'être trop triste.*

- **Gaspard :** *Tu m'en vois ravi et je te félicite.*
Gaspard disparaît.

La jeune femme se rend à l'aéroport avec une bonne longueur d'avance. Elle aperçoit son ami, assis sur un banc, en train d'écouter de la musique. Alex est fou de joie en voyant Cyrielle, il se précipite vers elle et lui dit :
- **Alex :** *Je ne pensais pas que tu viendrais ! Je suis tellement heureux de te voir* !
- **Cyrielle :** *Je ne pouvais pas te laisser partir sans te dire au revoir.*
Cyrielle ne peut s'empêcher de retenir ses larmes. Touché, son ami la prend dans ses bras.

- **Alex** : *On se reverra plus tôt que tu ne le penses, je te le promets. Tiens, j'ai un cadeau pour toi...*

Alex tend un bracelet en pierre à Cyrielle. Il porte le même au poignet. Le jeune homme essuie une larme qui coule sur les jours de Cyrielle et lui confie :

- **Alex** : *C'est un bracelet d'amitié. La dame qui me l'a vendu m'a expliqué que cela renforçait les relations. Tu vois, on pourra toujours penser l'un à l'autre comme ça.*

- **Cyrielle** : *Merci Alex. C'est un très beau cadeau. Tu vas me manquer...*

- **Alex** : *Toi aussi, mais je reviens très vite et puis, viens me voir quand tu veux !*

Cyrielle se met à sourire avant de lui répondre :

- **Cyrielle :** *J'ai peur en avion ! Mais je compte bien travailler là-dessus !*

- **Alex :** *Quand tu viendras me voir au Québec, je suis certain que tu vas adorer l'avion ! Tu ne verras pas le temps passer !*

Alex doit maintenant embarquer. Il jette un dernier regard à Cyrielle, lui fait un clin d'œil puis s'éloigne. Le jeune homme fait de grands signes à son amie puis disparaît dans un couloir.

Cyrielle a le cœur serré. Elle reste là, sur place, en plein milieu du passage. Elle sait qu'elle gêne les gens qui vont et qui viennent, mais elle ne bouge pas. Les remarques que certains lui font pour lui demander de se pousser ne lui font ni chaud ni froid.

Puis, elle se place derrière une grande baie vitrée pour voir l'avion de son ami s'envoler vers cette destination inconnue qui lui réservera, elle espère, de belles surprises.

- **Cyrielle :** *Ne m'oublie pas...* pense-t-elle. *Et sois prudent surtout.*

Sa gorge est nouée d'émotions, mais elle ne souhaite rien laisser paraître. Pas maintenant. Pas devant tous ces gens. Elle attendra d'être rentrée chez elle pour évacuer son chagrin. Le monde lui paraît tellement vide tout à coup.

Cyrielle se rend compte d'une chose aussi : Gaspard lui manque, beaucoup. Elle a le cœur gros.

Le vieux chêne s'en est allé, car sa mission est remplie. Il a réussi à réunir les deux amis alors que Cyrielle n'y croyait plus.

Elle espère tant revoir Gaspard rapidement.

Après tout, elle ne pensait pas un jour pouvoir retrouver Alexandre.

Alors si vous aussi, un jour, vous avez quelque chose à dire à un ami qui vous est cher, lui avouer des choses qui vous tiennent à cœur, mais que vous avez peur de paraître ridicule, n'hésitez pas, faîtes-le. Parlez-lui.

Ne passez pas à côté de l'essentiel, n'attendez pas qu'il soit trop tard...

Aujourd'hui vous pouvez le faire, vous pouvez serrer cet ami dans vos bras, vous plonger dans son regard, rire avec lui, vous amuser, ou être là pour lui dans les moments difficiles, l'écouter tout simplement et profiter des petits bonheurs simples de la vie...

Mais demain ? Qu'en sera-t-il ?

Faire passer des messages, appeler les larmes, créer des sentiments, c'est ce qui fait la richesse de la vie.

FIN.

© 2019, Valérie GASNIER

Édition : BoD – Books on Demand,

12/14 rond-point des Champs-Élysées, 75008 Paris.

Impression : BoD - Books on Demand,

Norderstedt, Allemagne ».

ISBN : 9782322 184828

Dépôt légal : septembre 2019